도깨비들은 착한 혹부리 영감에게
혹을 떼어 가는 대신 돈 자루를 주었어요.
도깨비들은 왜 쓸모도 없는 혹을 떼어 갔을까요?

추천 감수_ 서대석
서울대학교와 동 대학원에서 구비문학을 전공하고 문학박사 학위를 받았습니다. 한국 구비문학회 회장과 한국고전문학회 회장을 지냈으며, 1984년부터 지금까지 서울대학교 인문대학 국어국문학과 교수로 재직 중입니다. 〈한국구비문학대계〉 1-2, 2-2, 2-6, 2-7, 4-3 등 5권을 펴냈으며, 쓴 책으로 〈구비문학 개설〉, 〈전통 구비문학과 근대 공연 예술〉, 〈한국의 신화〉, 〈군담소설의 구조와 배경〉 등이 있습니다.

추천 감수_ 임치균
서울대학교 대학원에서 고전소설 연구로 문학박사 학위를 받고 현재 한국학중앙연구원 한국학대학원 어문예술계열 교수로 재직 중입니다. 한국학중앙연구원에서 문헌과 해석 운영위원으로 활동하고 있으며, 고전소설의 대중화 방안을 연구하여 일반인들에게 널리 알리는 일에 앞장서고 있습니다. 쓴 책으로 〈조선조 대장편소설 연구〉, 〈한국 고전소설의 세계〉(공저), 〈검은 바람〉 등이 있습니다.

추천 감수_ 김기형
고려대학교와 동 대학원에서 구비문학을 전공하고 문학박사 학위를 받았습니다. 현재 고려대학교 문과대학 국어국문학과 부교수로 판소리를 비롯한 우리 문학을 계승 발전시키기 위해 노력하고 있습니다. 쓴 책으로 〈적벽가 연구〉, 〈수궁가 연구〉, 〈강도근 5가 전집〉, 〈한국의 판소리 문화〉, 〈한국 구비문학의 이해〉(공저) 등이 있습니다.

추천 감수_ 김병규
대구교육대학을 졸업하고 한국일보 신춘문예에 동화가, 중앙일보 신춘문예에 희곡이 당선되면서 작품 활동을 시작했습니다. 대한민국문학상, 소천아동문학상, 해강아동문학상 등을 수상했으며, 현재 소년한국일보 편집국장으로 재직 중입니다. 쓴 책으로 〈나무는 왜 겨울에 옷을 벗는가〉, 〈푸렁별에서 온 손님〉, 〈그림 속의 파란 단추〉 등이 있습니다.

추천 감수_ 배익천
경북 영양에서 태어났습니다. 1974년 한국일보 신춘문예에 동화가 당선되었고, 〈마음을 찍는 발자국〉, 〈눈사람의 휘파람〉, 〈냉이꽃〉, 〈은빛 날개의 가슴〉 등의 동화집을 펴냈습니다. 한국아동문학상, 대한민국문학상, 세종아동문학상 등을 받았으며, 현재 부산 MBC에서 발행하는 〈어린이문예〉 편집주간으로 일하고 있습니다.

글_ 안선모
인천교육대학교를 졸업하고 1992년 월간아동문예작품상, 1994년 MBC창작동화대상, 1996년 제16회 해강아동문학상을 수상했습니다. 쓴 책으로 〈마이 네임 이즈 민 케빈〉, 〈초록별의 비밀〉, 〈모래 마을의 후크 선장〉, 〈나는야 코메리칸〉, 〈안경 낀 도깨비 뿌뿌〉 등이 있습니다.

그림_ 이갑규
대학에서 산업디자인을 공부하였으며, 지금은 디지털 프로그램을 이용해 독특하고 재미있는 그림을 그리고 있습니다. 그린 책으로 〈날마다 택시 타는 아이〉, 〈초등 역사 읽기〉, 〈팡팡 두들기자! 첨단 과학〉 등이 있습니다.

소년한국
우수어린이
도서수상

〈말랑말랑 우리전래동화〉는 소년한국일보사가 국내 최고의 도서 제품을 선정하여 주는 우수어린이 도서를 여러 출판사의 많은 후보작과의 치열한 경쟁을 뚫고 수상하였습니다.

말랑말랑 우리전래동화

42 웃음과 풍자

혹부리 영감

발 행 인 박희철
발 행 처 한국헤밍웨이
출판등록 제406-2013-000056호
주   소 경기도 성남시 분당구 금곡동 444-148
대표전화 031-715-7722
팩   스 031-786-1100
편   집 이영혜, 이승희, 최부옥, 김지균, 송정호
디 자 인 조수진, 우지영, 성지현, 선우소연
사진제공 이미지클릭, 연합포토, 중앙포토

혹부리 영감

글 안선모 그림 이갑규

한국헤밍웨이

옛날 옛적, 어느 마을에 혹부리 영감이 살았어.
볼에 주먹만 한 혹이 대롱대롱 매달려 있어서
사람들이 혹부리 영감이라고 불렀지.
아이들은 영감 뒤를 졸졸 따라다니며 놀리곤 했어.
"혹부리 영감은 혹이 무거워서 걸음도 느리대요."
그래도 혹부리 영감은 허허 웃기만 했어.
마음씨가 착해서 누굴 혼내지도 못했거든.

하루는 혹부리 영감이 지게에 한 짐
나무를 해서 산을 내려오고 있었어.
산 너머로 해가 져서 어둑어둑해지고 있었지.

**이 나무 팔아 양식 사고,
저 나무 팔아 비단옷 사고.**

혹부리 영감은 흥얼거리던 노래를 딱 멈추었어.
하늘에서 번개가 치더니 후드득 빗방울이 떨어졌거든.
"어이쿠, 어디 가서 비를 피해야겠다."

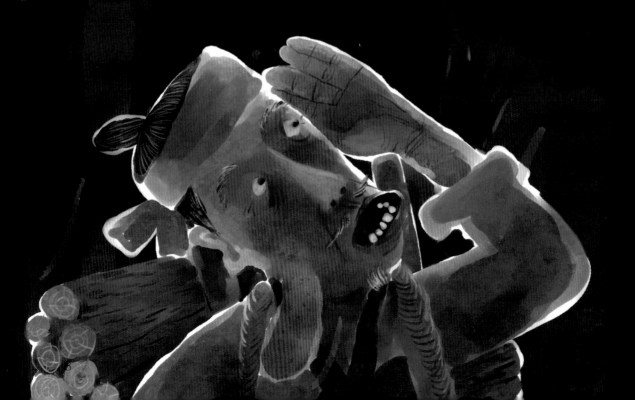

어서 가자!
감기 걸릴라!

혹부리 영감은 산 중턱에 있는 빈 집이 떠올랐어.
빈 집에서 도깨비가 나온다는 소문이 있었지만
우선 비를 피하고 볼 노릇이었지.
영감은 오두막집을 향해 헐레벌떡 뛰었어.

혹부리 영감은 방으로 들어갔어.
얼마 후, 깜깜한 방 안이 희미하게 보이기 시작했지.
구석구석 거미줄이 쳐져 있고
쩍쩍 갈라진 벽에는 구멍도 나 있었어.
그때 '쾅!' 하고 뭔가 부딪치는 소리가 났어.
덜렁거리던 문짝이 세게 닫힌 거야.
'어이쿠, 무서워라!'

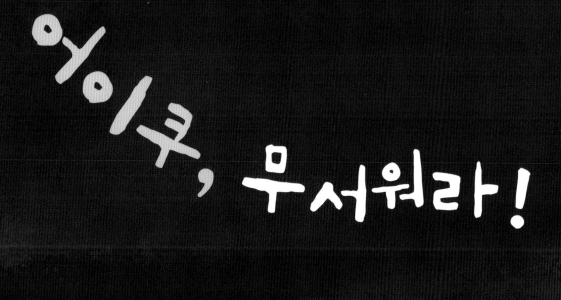

어이쿠, 무서워라!

'노래를 부르면 무서운 걸 잊을 수 있을 거야.'
혹부리 영감은 목청껏 노래를 불렀어.

부리부리 혹부리, 복덩어리 혹부리
가는 복 붙잡아 혹 속에 집어넣고
오는 복 붙잡아 혹 속에 쟁여 넣지.

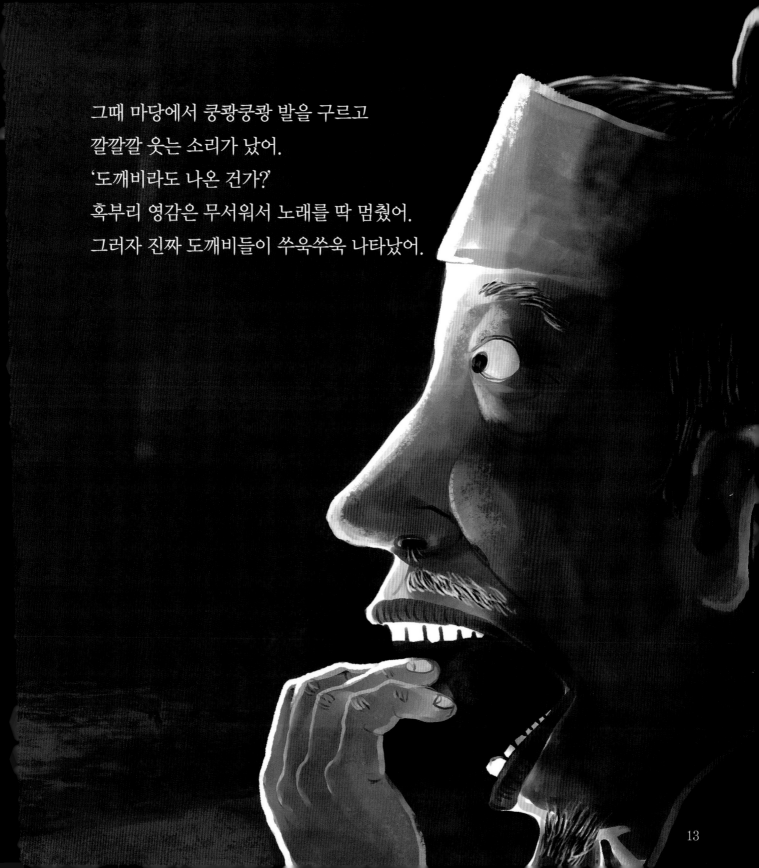

그때 마당에서 쿵쾅쿵쾅 발을 구르고
깔깔깔 웃는 소리가 났어.
'도깨비라도 나온 건가?'
혹부리 영감은 무서워서 노래를 딱 멈췄어.
그러자 진짜 도깨비들이 쑤욱쑤욱 나타났어.

13

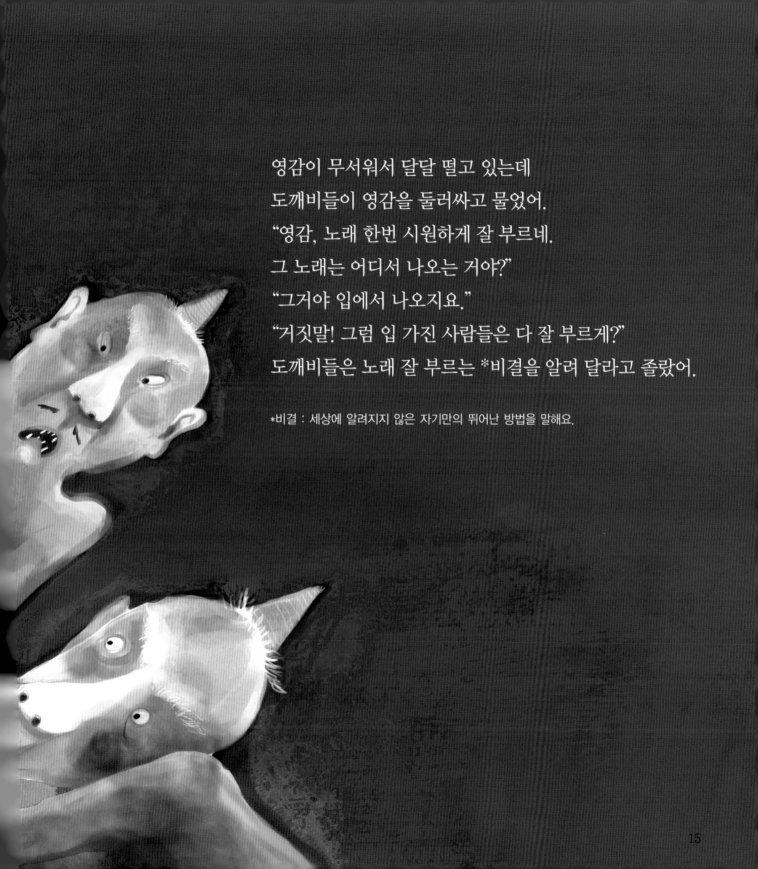

영감이 무서워서 달달 떨고 있는데
도깨비들이 영감을 둘러싸고 물었어.
"영감, 노래 한번 시원하게 잘 부르네.
그 노래는 어디서 나오는 거야?"
"그거야 입에서 나오지요."
"거짓말! 그럼 입 가진 사람들은 다 잘 부르게?"
도깨비들은 노래 잘 부르는 *비결을 알려 달라고 졸랐어.

*비결 : 세상에 알려지지 않은 자기만의 뛰어난 방법을 말해요.

15

"사실은 목구멍에서 나오는 거요."
영감의 말에 외눈 도깨비가 화를 내며 말했어.
"우리도 목구멍은 있어. 하지만 들어 보라고.
으으으흐흐 이이이히히……."
다른 도깨비들이 귀를 틀어막았어.
"외눈박이, 제발 그만해!"
그때 외눈 도깨비가 영감의 혹을 가리키며 말했어.
"아무래도 이 혹이 노래주머니인 것 같아."

요것 맞지?

"영감, 그 노래주머니를 우리한테 팔지."
대장 도깨비가 눈을 치켜뜨며 말했어.
혹부리 영감은 고개를 절레절레 흔들었어.
"내 몸에 붙은 걸 어떻게 팔아요?"
도깨비들은 영감의 팔다리를 잡아당기며 졸랐어.
"노래주머니 값은 톡톡히 쳐 줄게."
영감은 팔이 빠질 것 같아 얼른 대답했어.
"뗄 수 있으면 떼 가 보구려."

도깨비들은 영감에게 우르르 달려들더니
눈 깜짝할 새에 혹을 뚝 떼어 냈어.
"영감, 이제 이 혹은 우리 거야.
나중에 딴소리하면 안 돼."
도깨비들은 돈이 가득 든 자루를 두고 휘익 사라졌지.

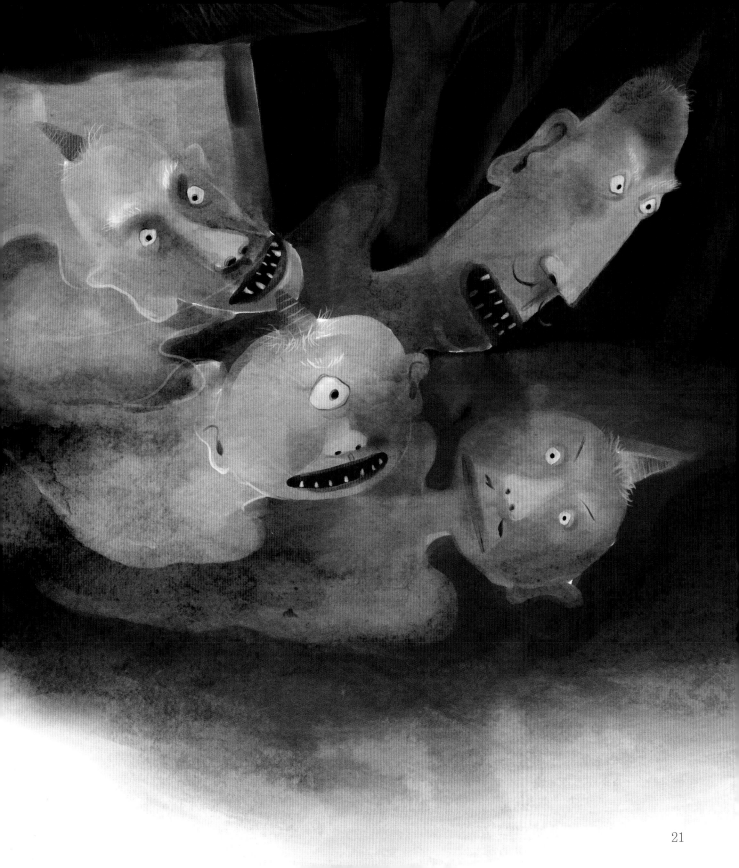

"어, 정말 혹이 없어졌네! 이게 꿈이냐, 생시냐?"
혹부리 영감이 덩실덩실 춤을 추며 산을 내려왔어.
"그 혹이 바로 복덩어리였어, 복덩어리!"
마을 사람들은 영감이 착해서 복을 받은 거라고들 했어.
영감은 도깨비에게 받은 돈을 가난한 사람에게도
나누어 주며 부자로 살게 되었지.
이 소문은 금세 이웃 마을까지 퍼졌어.

이웃 마을 심술쟁이 혹부리 영감도 소문을 들었지.

"아이고, 배 아파! 아이고, 배 아파라!"

얼마 뒤, 심술쟁이 혹부리 영감은

착한 혹부리 영감을 찾아갔어.

"자네, 어떻게 혹을 뗐는가?"

착한 혹부리 영감은 산에서 도깨비 만난 이야기를 했어.

"산 너머 마을까지 들리도록 크게 불러요."

심술쟁이 혹부리 영감은 고개를 끄덕이고,

산속 빈 집으로 향했어.

심술쟁이 혹부리 영감이 빈 집에 도착했을 땐
벌써 깜깜한 밤이 되었어.
"옳거니, 이 집이야. 과연 도깨비가 나올 만해."
영감은 자리를 잡고 앉아 노래를 불렀어.
소리가 얼마나 큰지 산이 쩌렁쩌렁 울릴 정도였어.

부리부리 혹부리, 심술쟁이 혹부리
가는 심술 붙잡아 혹 속에 집어넣고
오는 심술 붙잡아 혹 속에 쟁여 넣지.

그때 도깨비들이 우르르 방 안으로 들어왔어.

심술쟁이 영감은 더 크게 불렀지.

그러자 외눈 도깨비가 소리를 꽥 질렀어.

"아이, 귀 따가워. 영감, 제발 그만해!"

대장 도깨비가 째려보며 영감에게 물었어.

"영감은 무슨 일로 여기 온 거야?"

심술쟁이 혹부리 영감은 이 때다 싶었어.

"노래주머니를 팔러 왔지요. 이 노래주머니는……."

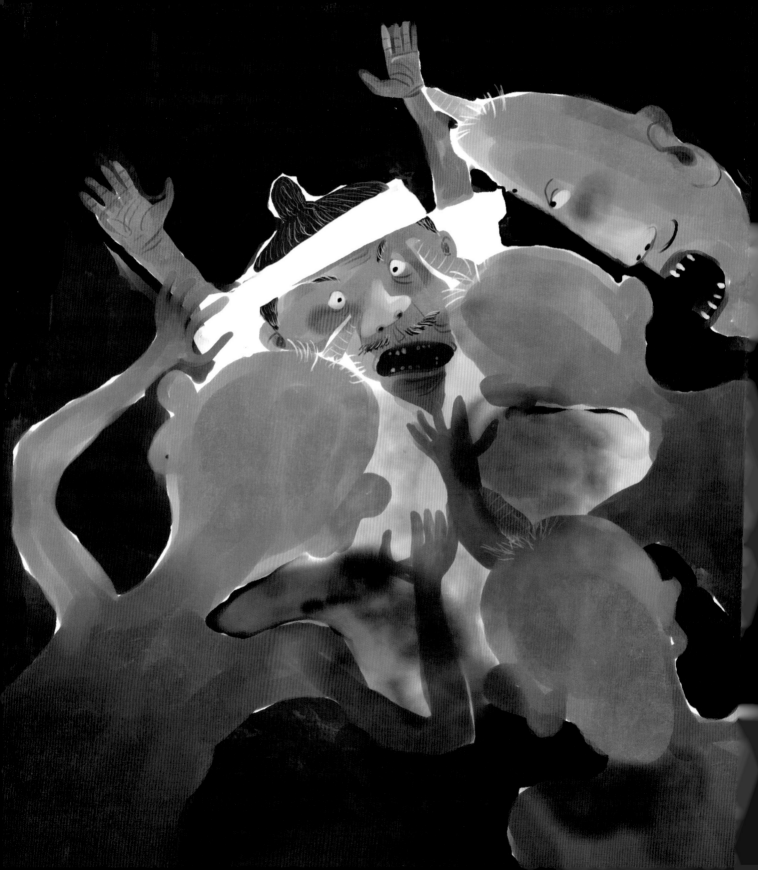

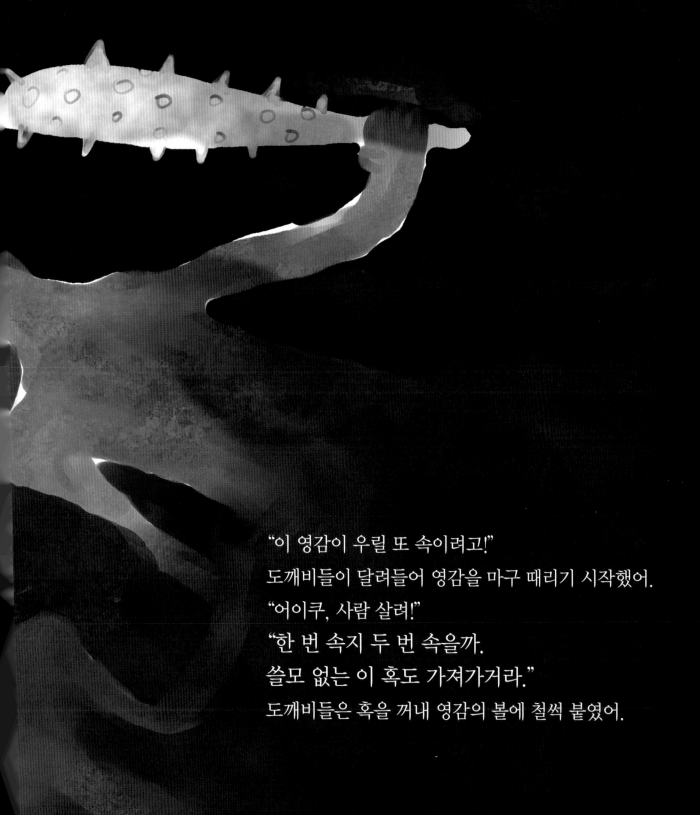

"이 영감이 우릴 또 속이려고!"
도깨비들이 달려들어 영감을 마구 때리기 시작했어.
"어이쿠, 사람 살려!"
"한 번 속지 두 번 속을까.
쓸모 없는 이 혹도 가져가거라."
도깨비들은 혹을 꺼내 영감의 볼에 철썩 붙였어.

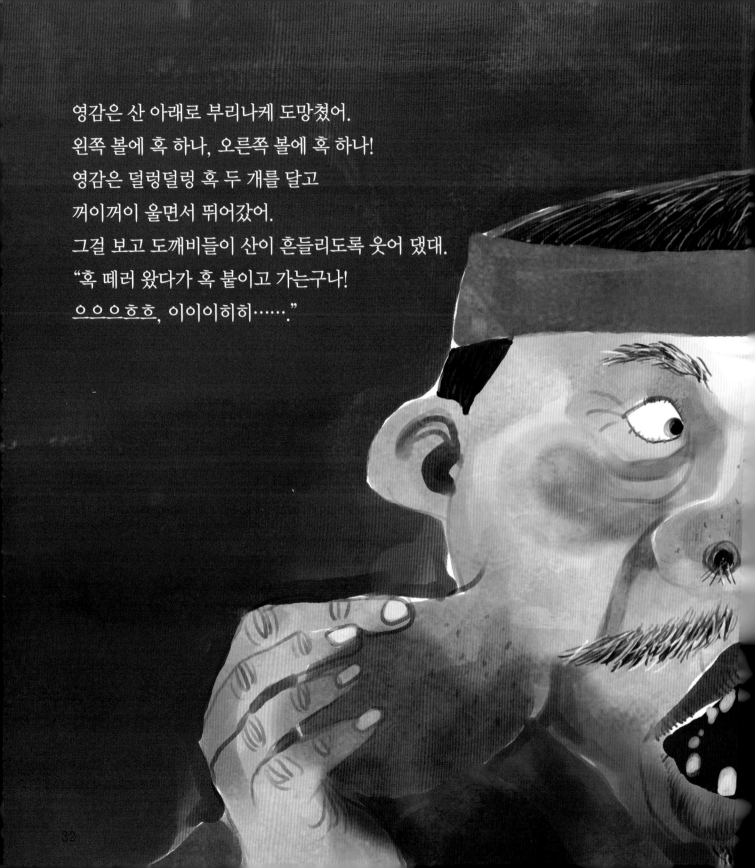

영감은 산 아래로 부리나케 도망쳤어.
왼쪽 볼에 혹 하나, 오른쪽 볼에 혹 하나!
영감은 덜렁덜렁 혹 두 개를 달고
꺼이꺼이 울면서 뛰어갔어.
그걸 보고 도깨비들이 산이 흔들리도록 웃어 댔대.
"혹 떼러 왔다가 혹 붙이고 가는구나!
으으으흐흐, 이이이히히……."

혹부리 영감 작품해설

'혹 떼러 갔다 혹 붙이고 온다.'는 말이 있습니다. 이것은 좋은 일을 바라고 갔다가 오히려 손해를 보게 된 것을 비유적으로 이르는 말로, 〈혹부리 영감〉은 바로 이 속담의 의미와 딱 맞아떨어지는 이야기입니다.

각 판본에 따라 혹부리 영감 대신 '김 첨지', '최 영감' 등의 이름이 붙여지기도 하고, 혹을 떼는 부분에서 도깨비와 흥정하는 장면이 추가되기도 합니다. 또한 혹을 뗀 영감은 가난하면서 착한 인물로, 혹을 더 붙인 영감은 부자이면서 구두쇠로 나타나 있기도 합니다.

옛날, 마음씨 착한 혹부리 영감이 산에 나무를 하러 갔다가 비를 만나게 되었습니다. 혹부리 영감은 비를 피할 곳을 찾다가 작은 오두막집 하나를 발견합니다. 금방이라도 쓰러질 것 같은 낡은 집이었지요.

혹부리 영감은 집으로 들어가 비를 피하면서 무서움을 잊기 위해 노래를 불렀습니다. 그런데 뜻밖에 도깨비들이 나타나서는 대뜸 노래를 잘 하는 비결이 무엇이냐며 가르쳐 달라고 조르기 시작합니다. 도깨비들은 혹부리 영감의 혹이 노래주머니일 거라고 생각하고 영감의 혹을 떼어 가는 대신, 돈이 가득 든 자루를 주고 사라져 버립니다.

착한 혹부리 영감이 혹도 떼고 부자가 되었다는 이야기를 들은 이웃 마을 심술쟁이 혹부리 영감도 착한 혹부리 영감의 말을 듣고 한달음에 산속 오두막집으로 달려갑니다. 하지만 심술쟁이 혹부리 영감은 도깨비들에게 돈 자루를 얻기는커녕 착한 혹부리 영감의 혹까지 하나 더 붙이게 됩니다.

〈혹부리 영감〉은 남의 행운을 시기해서는 안 되며, 지나친 욕심을 경계할 것을 권하는 이야기입니다. 사람들은 보통 남이 큰 행운을 얻거나, 좋은 일이 생기게 되면 괜한 시샘을 하곤 합니다. 남에게 좋은 일이 생기면 같이 기뻐하고, 축하해 주는 것이 도리라고 여겼던 우리 조상들은 이런 교훈을 옛이야기 속에 담아 가르침을 주고자 하였습니다.

꼭 알아야 할 작품 속 우리 문화

도깨비

도깨비는 동물이나 사람의 형상을 한 상상 속의 귀신을 말해요. 하지만 사람이 죽은 후에 생기는 것이 아니라, 사람들이 일상생활의 도구로 쓰다가 버린 물건에서 만들어진다고 생각했어요. 예를 들면 헌 빗자루, 짚신, 부지깽이, 오래된 가구 등이 밤이 되면 도깨비로 변한다고 믿었지요.

도깨비는 신비한 힘과 재주를 가지고 있어서 사람을 홀리기도 하고 짓궂은 장난으로 골리기도 했어요. 하지만 도깨비는 무섭기보다는 친근하고 재미있는 귀신으로, 때로는 착한 사람에게 복을 주기도 한다고 믿었지요. 도깨비는 먹고, 마시고, 놀고, 춤추는 것을 좋아하고 예쁜 여자도 좋아한대요.

영감

지금은 대개 나이 많은 할아버지를 영감이라고 부르지만, 옛날에는 벼슬이 높은 남자를 그렇게 불렀어요. 지금의 장관급인 판서 이상을 대감이라고 불렀고, 그 바로 아래의 벼슬을 가진 사람들을 영감이라고 불렀어요.

벼슬을 가진 이들을 부르는 호칭인 영감이 시대가 흐르면서 뜻이 변한 거예요. 일제 강점기를 지나면서 검사, 판사, 군수 같은 이들을 영감이라고 부르다가, 아내가 남편을 높여 부르는 말로도 쓰였지요.

조상의 지혜를 배우는 속담 여행

〈혹부리 영감〉에서 심술쟁이 혹부리 영감은 혹을 떼러 갔다가 도리어 혹을 하나 더 붙이고 돌아왔어요. 남의 행운을 시기하고, 과한 욕심을 부리다가 그렇게 되었지요. 여기에서 배울 수 있는 속담을 알아보아요.

혹 떼러 갔다 혹 붙여 온다

자기의 부담을 덜려고 하다가 도리어 다른 일까지 더 맡게 된 경우를 말해요. 꼬인 일을 풀려다가 일이 더 복잡하게 꼬이는 경우에도 이렇게 표현해요.

전래 동화로 미리 배우는 교과서

🌰 도깨비들은 왜 착한 혹부리 영감의 혹을 떼어 갔을까요?

🐝 심술쟁이 혹부리 영감은 일부러 도깨비들을 만나러 산속 빈 집으로 찾아갔어요. 심술쟁이 혹부리 영감이 도깨비들을 만나러 간 이유를 말해 보세요.

👹 우리 옛날 이야기 속에 등장하는 도깨비는 무섭기만 한 건 아니에요. 노래하고 춤추는 걸 좋아하고 장난치는 것도 좋아하는 장난꾸러기이지요. 아래 빈 공간에 여러분이 상상하는 도깨비 얼굴을 그려 보세요.

💜 3~4학년군 국어 활동 4-1 ㉯ 10. 감동을 표현해요 248~249쪽